Puedes consultar nuestro catálogo en www.picarona.net

CHACHO Y EL MAR
Texto e ilustraciones: *Sarah Khoury*

1.ª edición: noviembre de 2019

Título original: *Ciacio e il mare*

Traducción: *Laura Fanton*
Maquetación: *Montse Martín*
Corrección: *Sara Moreno*

© 2016, Ipermedium Comunicazione e Servizi s.a.s. / Lavieri edizioni, Italia
(Reservados todos los derechos)
© 2019, Ediciones Obelisco, S. L.
www.edicionesobelisco.com
(Reservados los derechos para la lengua española)

Edita: Picarona, sello infantil de Ediciones Obelisco, S. L.
Collita, 23-25. Pol. Ind. Molí de la Bastida
08191 Rubí - Barcelona
Tel. 93 309 85 25 - Fax 93 309 85 23
E-mail: picarona@picarona.net

ISBN: 978-84-9145-313-0
Depósito Legal: B-18.636-2019

Impreso por Gráficas 94, Hermanos Molina, S. L.
Polígono Industrial Can Casablancas
c/ Garrotxa, nave 5 - 08192 Sant Quirze del Vallès (Barcelona)

Printed in Spain

Sarah Khoury

Chacho
y el mar

 Picarona

Me gusta el mar...

...hay unos tipos silenciosos

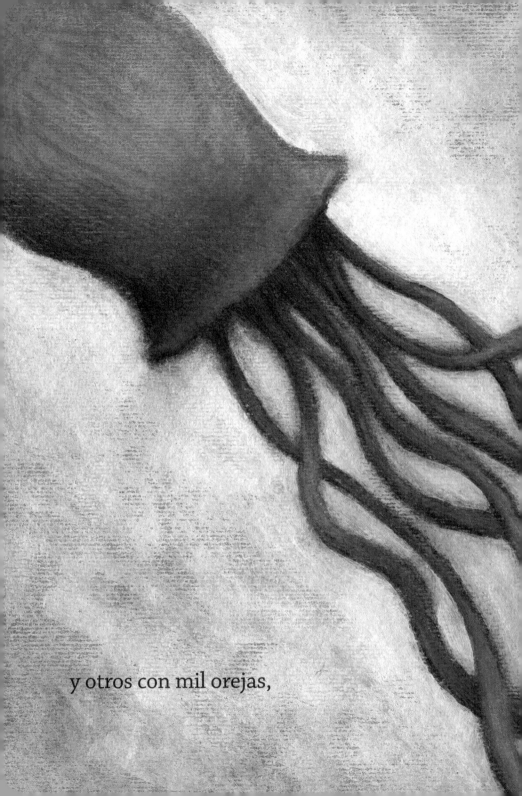

y otros con mil orejas,

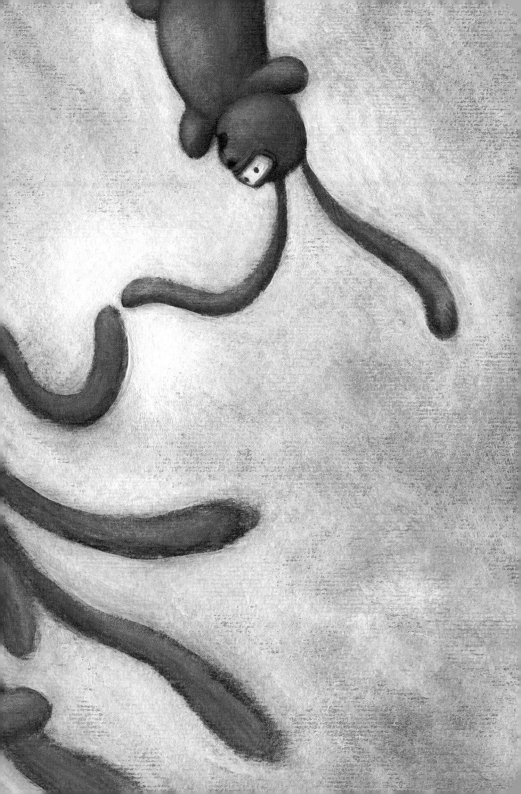

monstruos con una gran sonrisa

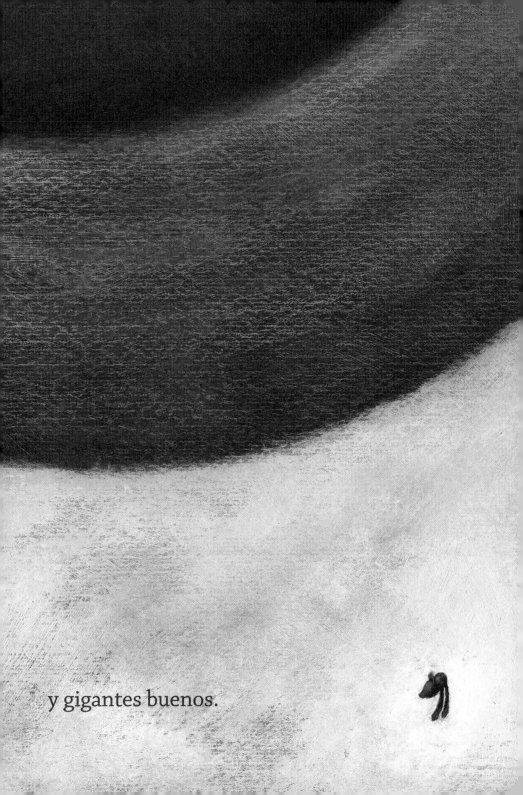

y gigantes buenos.

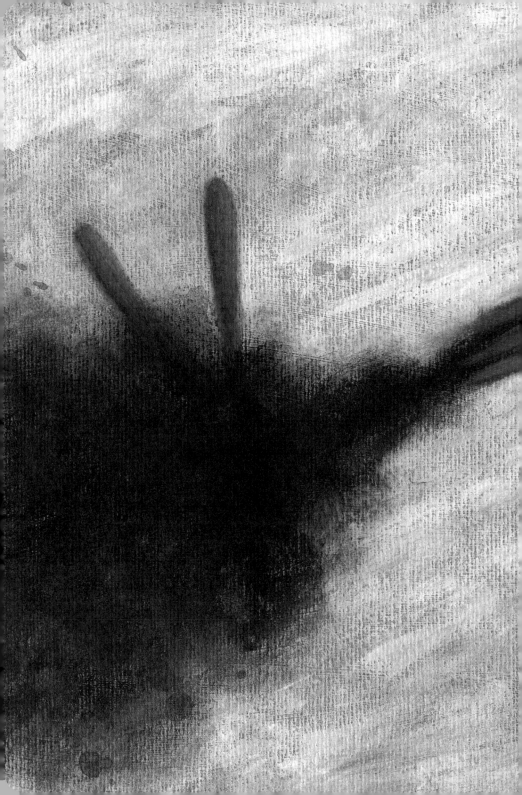

Hay quien tiene miedo

y quien sabe volar.

Veo luces hermosas

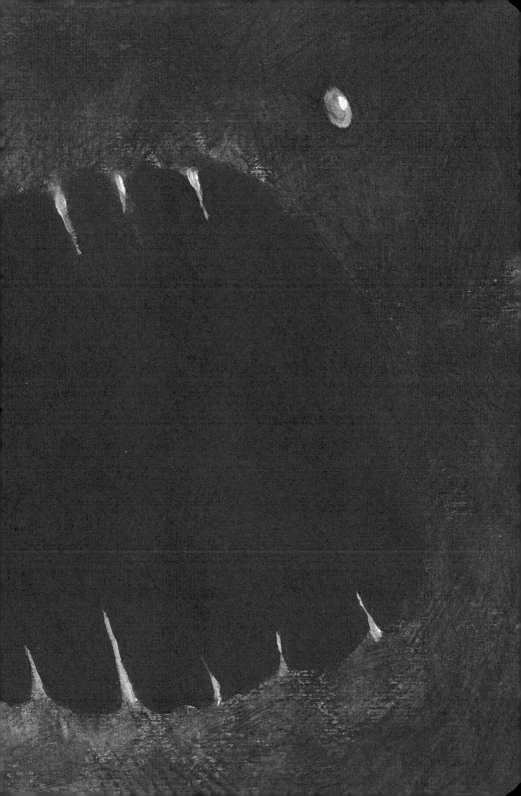

y criaturas curiosas.

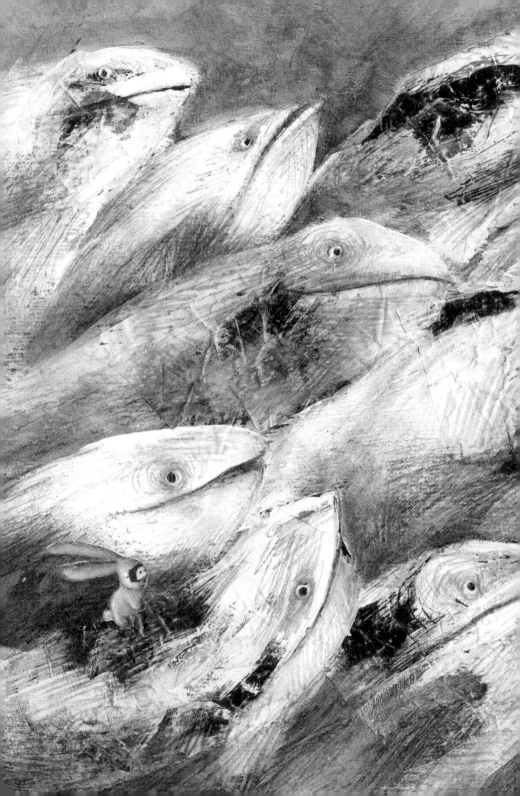

Caminos de plata me llevan
de vuelta a la superficie

a secarme al sol.

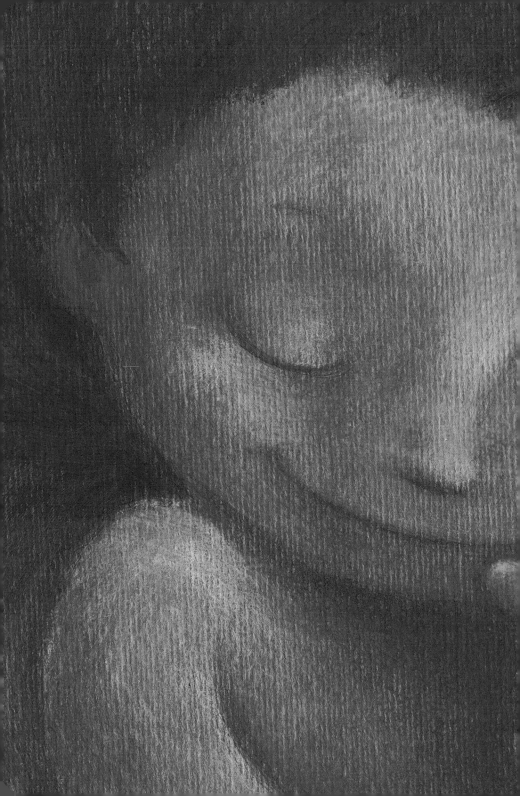

¡Qué día tan bonito!

Chacho y el mar

Con la participación especial de

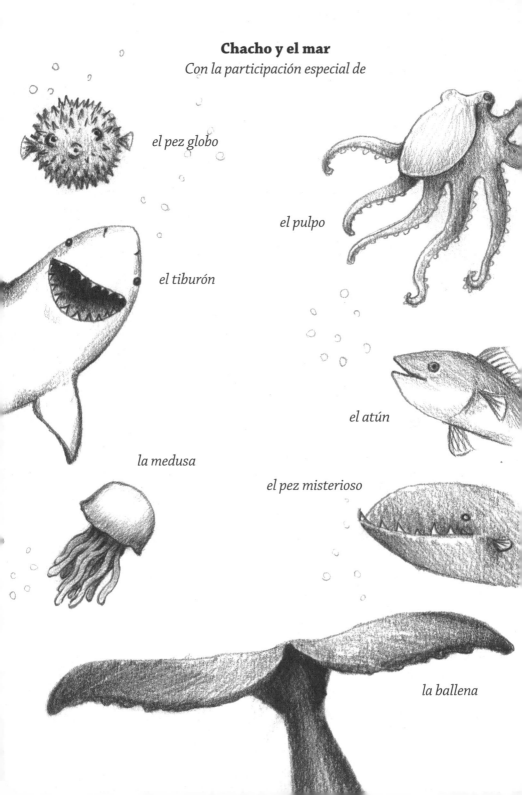

el pez globo

el pulpo

el tiburón

el atún

la medusa

el pez misterioso

la ballena